Lo

MW00966357

Sophie part
en voyage

Illustrations
de Marie-Louise Gay

la courte échelle
Les éditions de la courte échelle inc.

Les éditions de la courte échelle inc.
5243, boul. Saint-Laurent
Montréal (Québec) H2T 1S4

Conception graphique:
Derome design inc.

Révision des textes:
Jean-Pierre Leroux

Dépôt légal, 3e trimestre 1993
Bibliothèque nationale du Québec

Données de catalogage avant publication (Canada)

Leblanc, Louise

    Sophie part en voyage

    (Premier Roman; PR31)

    ISBN: 2-89021-195-9

    I. Gay, Marie-Louise.   II. Titre.   III. Collection.

PS8573.E25S66 1993   jC843'.54   C93-096610-4
PS9573.E25S66 1993
PZ23.L42So 1993

Louise Leblanc

Née à Montréal, Louise Leblanc a fait son cours classique, puis des études en pédagogie à l'Université de Montréal. Ensuite, elle donne des cours de français, est mannequin, fait du théâtre, du mime et de la danse. Elle est aussi recherchiste et elle rédige des textes publicitaires. En véritable curieuse, elle s'intéresse à tout, elle joue donc aussi du piano et aime bien pratiquer plusieurs sports.

En 1983, elle gagne le prix Robert-Cliche pour son roman *37½AA*. Et depuis 1985, elle se consacre à l'écriture. Elle a écrit plusieurs nouvelles. Elle a également publié des romans pour adultes et elle écrit aussi pour la télévision. Les romans de la série Sophie sont traduits en anglais et en espagnol. *Sophie part en voyage* est le quatrième roman qu'elle publie à la courte échelle.

Marie-Louise Gay

Née à Québec, Marie-Louise Gay a fait des études à l'Institut des arts graphiques, à l'école du Musée des Beaux-Arts de Montréal et à l'*Academy of Art College* de San Francisco.

Depuis plus de quinze ans, on trouve ses illustrations dans des revues et dans des albums pour enfants qu'elle a aussi écrits. Pour la pièce de théâtre pour enfants *Bonne Fête, Willy,* dont elle est l'auteure, elle a créé les costumes, les décors et les marionnettes. On peut lire et regarder ses livres au Québec, au Canada anglais, aux États-Unis, en Grande-Bretagne, au Danemark, en Norvège, en Suède, en Espagne et en Australie.

En 1984, elle gagne les deux prix du Conseil des Arts en illustrations jeunesse, catégories française et anglaise. Et en 1987, elle obtient le Prix du Gouverneur général. *Sophie part en voyage* est le quatrième roman qu'elle illustre à la courte échelle.

De la même auteure, à la courte échelle

Collection Premier Roman

Série Sophie:
Ça suffit, Sophie!
Sophie lance et compte
Ça va mal pour Sophie

Louise Leblanc

Sophie part en voyage

Illustrations
de Marie-Louise Gay

la courte échelle

À Pascale

1
Sophie... a... i... en... ion

Youpiiii!!!! Je vais à Paris! Chez Mamie et Papi! Youpi!

C'est ce que je me répète depuis un mois. Comme si je n'arrivais pas à y croire. Mais c'est bien vrai. Ma valise est faite et je suis prête à partir.

Je mets le SUPER imperméable que ma mère m'a acheté. Il a des rayures roses et blanches et il est léger comme...

— Tu as l'air d'un chiffon J, me dit mon frère Laurent. Et puis, il ne pleut même pas!

— Laurent a raison, il fait un soleil de plomb!

— Je n'ai pas chaud du tout, maman!

— ALORS, VOUS VENEZ! crie mon père qui nous attend à l'extérieur.

— Sophie, ENLÈVE cet imperméable!

Je vous dis que j'ai hâte d'être à Paris et de faire ce que je veux. Hâte d'être LIBRE!

Dans la voiture qui roule vers l'aéroport, c'est une vraie tempête de nerfs. Tout le monde parle en même temps.

Ma petite soeur, Bébé-Ange-Croton-d'amour, tape des mains en hurlant:

— ...I... A... I... EN... ION!

Ça veut dire: Sophie va à Paris en avion.

Mon frère Laurent, lui, ne cesse de répéter:

— C'est injuste. Pourquoi je n'y vais pas, à Paris, moi?

Pour la centième fois, mon père lui répond:

— Tu iras l'an prochain. Cette année, j'ai promis à Sophie qu'elle irait si elle obtenait 80 % en français.

— ET J'AI EU 80,1 %!

— SILENCE! PAR TOUTATIS! lance mon frère Julien en replaçant ses lunettes et en replongeant son nez dans *Astérix le Gaulois*.

Depuis qu'il sait que je vais en France, le pays d'Astérix, il fouille ses bandes dessinées pour trouver la formule de la potion magique, au cas où j'en aurais besoin.

— Surtout, n'oublie pas de te brosser les dents tous les jours, me conseille ma mère.

— ET SURTOUT, SOIS PRUDEN-
TE! Ne t'éloigne pas de Papi et
Mamie, et SURTOUT...

— Oui, papa.

— Mais attends avant de dire
oui! Écoute!

Je crois que je fais mieux de
ne rien dire et de laisser mes
parents parler entre eux.

— ...I... A... I... EN... ION!!!!

— PAR TOUTATIS! Ils sont
fous, ces Romains.

— Pourquoi je n'y vais pas,
à Paris, moi?

Fiou que j'ai hâte de partir!
Pendant quinze jours, je n'en-
tendrai plus Laurent se plaindre. Ce sera le PARADIS!

— Au fond, je suis bien con-
tent que tu partes en voyage.
Pendant que tu ne seras pas là,

ce sera le PARADIS!

Je n'en reviens pas comme Laurent est désagréable. Mais je m'en fous complètement; dans trois minutes, je serai à bord de l'avion.

Après TROIS HEURES d'attente, c'est enfin le moment du départ. Mon père avertit l'hôtesse que ses parents viendront me chercher à l'aéroport à Paris.

Il faut dire que Papi, c'est un Français de France. Il a vécu ici, mais il est retourné chez lui pour retrouver ses VIEILLES racines.

AÏE! Laurent m'a donné un coup de coude!

— Tiens! C'est pour toi.

C'est incroyable! Vous savez ce qu'il m'offre? De l'argent! VINGT-CINQ FRANCS!

— C'est pour te payer des

frites françaises. Avec ce qui res-
tera, tu m'achèteras un cadeau.

J'embrasse Laurent et, comme
une idiote, je me mets à pleurer.
Lui aussi! Je n'en reviens pas.

— Il faut y aller, Sophie, me
dit l'hôtesse.

Mes parents me serrent très
fort, puis ils me laissent partir.
Au moment où je vais franchir
la porte vitrée, j'entends:

— SOPHIE!

C'est Julien. Il court vers moi.
Ses lunettes sont toutes pleines
de larmes.

— Je n'ai pas trouvé la for-
mule de la potion magique. SNIF!
Il faut que tu fasses attention aux
Romains et aux sangliers. SNIF!

Tout le monde se met à rire. Et
ça fait drôlement du bien. Fiou!

Je donne un gros bec à Julien. Puis l'hôtesse m'entraîne sur le tapis roulant qui conduit à la porte d'embarquement.

Je me retourne et j'envoie la

main. Je ne vois plus personne! Tout à coup, j'ai moins envie d'aller à Paris. Mais le tapis roulant m'emporte, tel un chemin qui marche tout seul et m'amène en voyage malgré moi.

***

La première chose que je vois à l'aéroport à Paris, c'est le béret de Papi, car Papi est très grand. Mamie est là aussi, mais je ne l'ai pas vue tout de suite, car elle est très petite.

Puis je n'ai plus rien vu parce que j'ai dormi durant tout le trajet en taxi.

En arrivant à la maison, Mamie me dit:

— Je te prépare un bon canari, mon poussin.

Il est sept heures du matin et Mamie veut me faire manger du canari? Vous parlez d'un petit déjeuner! Je ne sais pas si je vais m'adapter aux habitudes françaises.

Heureusement que je n'ai rien dit, j'aurais eu l'air d'une idiote. Un canari, c'est de l'eau bouillie avec du sucre et des zestes de citron.

— Après un voyage en avion, rien de mieux pour débarbouiller l'estomac, promet Mamie.

Et ça marche! Une vraie potion magique! Ensuite, je mange trois croissants avec de la confiture. Miam! je pense que je vais m'habituer aux coutumes françaises.

Je suis en pleine forme pour sortir avec papi Gaston et mamie

Juliette. Je crois que, pour visiter la plus belle ville du monde, je vais mettre mon BEL imperméable.

— Voyons, Sophie, il fait un soleil de plomb!

Grrr! Depuis que j'ai mon imperméable, il fait toujours beau. Et je me demande à quel âge on peut mettre son imperméable quand on le veut. À quel âge on est LIBRE???

Quand même, Papi et Mamie sont très gentils avec moi. Je suis leur petit-poussin-rayon-de-soleil-adoré. Et ils m'amènent partout!

Après une semaine, je pense que je connais assez bien Paris.

Pour visiter Paris, on passe son temps à traverser la Seine. C'est facile, il y a au moins vingt-cinq ponts, et ce sont de petits ponts parce que la Seine, c'est un fleuve plutôt... maigrichon.

Par contre, il y a des rues aussi larges que des champs. Et au bout de ces rues, il y a toujours un édifice avec des tas de colonnes ou un monument super... HISTORIQUE.

Et puis, il y a beaucoup de fontaines. Ce n'est pas compliqué, la plupart des statues ont les pieds dans l'eau. Si elles sont comme moi quand je reste dans mon bain trop longtemps, elles doivent avoir les orteils pas mal ratatinés.

Puis j'ai vu la plus vieille... ANTIQUITÉ de Paris: le squelette d'un dinosaure. C'est... impressionnant!

Quand j'ai touché la patte du

dinosaure, un vrai dinosaure qui a vécu il y a des MILLIONS d'années, je me suis sentie bizarre, toute pleine de frissons.

J'ai eu encore plus de frissons quand on a visité Notre-Dame de Paris. Parce qu'on GÈLE là-dedans.

Je vous dis que j'aurais aimé ça avoir mon imperméable!

— C'est une belle cathédrale, me répétait Papi. Et regarde comme les dalles du plancher sont usées. C'est vieux, tu sais!

— Vieux comment?

— Au moins sept cents ans!

— Ce n'est pas vieux, ça, Papi!

Papi a eu l'air très surpris. Les gens autour de nous aussi.

— Tu trouves que sept cents ans, ce n'est pas vieux!

— Voyons, Papi, à côté d'un dinosaure, ça fait pitié!

Tout le monde a ri, sauf Papi. C'est incroyable, mais je pense que c'est parce qu'il avait chaud. Quand on est sortis, j'ai vu qu'il était tout rouge.

2
Sophie et le beau poète

Ce matin, on ne fait rien parce que Papi et Mamie ont mal aux pieds. Mais ils m'ont promis une surprise.

Vous savez ce que c'est? De la parenté: tante Aline, oncle Philippe et un petit cousin de onze ans pas rigolo du tout: François. Il est pire que Laurent...

Depuis que ses parents sont repartis, il n'arrête pas de se plaindre qu'il s'ennuie. Qu'on l'a forcé à venir. Qu'il a manqué une partie de foot à cause de moi. Et que lui, il est un SUPER gardien de but.

IL ME FATIGUE! Ça me fatigue, les gens qui se vantent. Et puis, moi aussi, je suis une SUPER gardienne de but. Alors, je lui raconte mes exploits dans la fameuse partie de hockey entre les *Lutins rouges* et les *Araignées noires*.

Je vous dis qu'il est impressionné. Il veut absolument me présenter ses copains pour qu'on joue une partie de foot ensemble. Je ne suis pas sûre que Papi et Mamie acceptent de nous laisser sortir seuls.

— T'occupe de rien, j'ai un plan!! me dit François.

Après le repas, François prend mamie Juliette par le cou et lui donne des petits becs. Comme je fais avec mon autre mamie quand je veux lui demander une faveur. C'est un très bon plan, un plan... international.

— Pauvre Mamie, tu es fatiguée. Tu devrais faire une sieste. Pendant ce temps-là, Sophie et moi, on irait jouer au parc.

Et ça marche! Mamie accepte parce que le parc est juste à côté et qu'on lui promet de ne pas aller ailleurs.

Une fois à l'extérieur, François me dit:

— On va prendre le métro.

— Hein! On ne joue pas avec tes copains?

— Oui, dans mon quartier! C'est à cinq minutes, en métro.

Je proteste à cause de la promesse qu'on a faite à Mamie. Et puis, je n'ai pas honte de vous le dire, j'ai peur.

— Tu as la trouille ou quoi? lance François.

— MOI, PEUR? PAS DU TOUT!

— Alors, tu viens!?

Grrr! Je suis bien obligée de suivre François. En entrant dans le métro, j'entends: «SURTOUT, SOIS PRUDENTE! NE T'ÉLOIGNE PAS DE PAPI ET MAMIE!»

Pour une fois, je devrais écouter mon père, c'est certain.

Je veux m'arrêter pour réfléchir, mais... François a disparu!

Fiou, je l'aperçois devant le tourniquet. Il... PASSE DESSOUS SANS PAYER! Je fais la même chose sans réfléchir. J'ai trop peur de me retrouver seule.

— Tu es vraiment une fille SUPER! me dit François.

Là, je ne peux plus reculer, c'est certain. Surtout que François est VRAIMENT sympathique. Et puis, même si j'ai encore peur, je commence à trouver ça excitant.

Dans le métro qui file, j'ai l'impression d'être une héroïne de film qui s'en va au loin vers l'inconnu et le mystère.

Mais ce n'est pas long qu'on arrive dans le quartier de François. Et en sortant de la station, on rencontre un de ses copains: Abdoul.

Abdoul, c'est... Il y a tellement de choses à dire sur lui que je ne sais pas par où commencer.

D'abord, il... il est BEAU! Je n'ai jamais vu quelqu'un d'aussi beau de toute ma vie. C'est un Noir qui vient d'Afrique. Il a treize ans, mais il n'est pas idiot comme les garçons de son âge.

Et vous savez ce qu'il fait? Il vend des oiseaux sur la place publique. C'est super!

— On se reverra plus tard, Sophie. Il faut que je vende mes oiseaux, dit Abdoul en tapant sur un grand sac qu'il porte en bandoulière.

Je n'en reviens pas:

— Tu transportes tes oiseaux là-dedans! Ils vont étouffer!

François pouffe de rire. Abdoul sort un oiseau de son sac,

un oiseau... mécanique! Je lui
avoue que ça me déçoit un peu.

— Tu sais, me répond-il,
quand je lance l'oiseau dans les
airs et qu'il se met à voler, pour
moi, il devient vivant.

— Abdoul est un poète, dit François. Il n'est pas toujours facile à comprendre.

— Quand je regarde voler mon oiseau mécanique, poursuit Abdoul, il me fait rêver autant qu'un vrai. Je m'envole avec lui, je pars vers mon pays, je suis libre!

Fiou que c'est beau, la poésie! Mais Abdoul a l'air triste, on dirait qu'il continue de rêver.

Je prends l'oiseau, je tourne la clé et je le lance dans les airs. Il s'envole comme un vrai. Il redescend, remonte, virevolte et va se poser sur la tête d'un po...li...cier. C'est tordant!

Je trouve bizarre que François et Abdoul ne rient pas! Je me retourne et là... je reçois un choc terrible.

Je vois Abdoul qui court. Le
policier le poursuit. Abdoul
bouscule des gens, il se sauve
comme... un voleur. Abdoul est
un bandit! Non! C'est impossi-
ble! Pas Abdoul! Pas un poète!

3
Sophie
et l'oiseau de malheur

— Abdoul n'est pas un bandit, c'est un émigré clandestin, m'explique François. Sa famille n'a pas de permis pour vivre en France.

— Pourquoi?

— Ses parents n'ont pas eu le temps d'en demander.

— Comment ça?

— Ils ont fui leur pays à cause de la guerre. Et comme il y a de nombreux étrangers dans le quartier, les clandestins viennent ici en espérant passer inaperçus. Mais les policiers font souvent des contrôles d'identité.

— Abdoul ne devrait pas vendre d'oiseaux sur la place publique, alors!

— C'est sa seule façon de gagner de l'argent. Et d'habitude, il vend ses oiseaux ailleurs: à la tour Eiffel, au Louvre, là où il y a beaucoup de touristes et où il n'est pas connu.

— Ça veut dire que ce qui s'est passé est de ma faute! Si je n'avais pas fait voler cet oiseau de malheur, le gendarme n'aurait pas vu Abdoul.

— Ce n'est pas la première fois qu'un gendarme poursuit Abdoul, me dit François. Aucun n'a réussi à l'attraper. Et on ne sait pas où il habite. Même pas moi!

— Oui, mais il faut tenter de savoir ce qui lui est arrivé. Il faut le retrouver.

François est d'accord avec moi. Pendant une heure, on se promène dans le quartier. Pas la moindre trace d'Abdoul. Tout à coup, François crie:

— ATTENTION, Sophie!

— Quoi! Qu'est-ce qu'il y a?

— Là, regarde, c'est ma mère! Si elle nous voyait, ça ferait toute une histoire.

Avant que je puisse répondre, François a déguerpi. Je me rends compte qu'il est aussi peureux que moi et que, même à onze ans, il ne peut pas tout dire à ses parents.

C'est... désespérant.

Je déguerpis à mon tour. Je cours aussi vite qu'une... émigrée clandestine. Je pense à Abdoul. Je me dis que, même s'il a treize ans, il doit avoir peur, lui aussi, toujours peur...

***

— Vous vous êtes bien amusés, mes poussins? demande Mamie à notre arrivée.

François et moi, on n'a pas le choix. On doit raconter des tas de mensonges.

Si on parlait de notre aventure... clandestine, ça énerverait Papi et Mamie pour rien. Tandis que là, ils sont rassurés et ils nous trouvent A-DO-RA-BLES. Surtout qu'on leur demande de se coucher tôt.

Dès qu'on est seuls, on recommence à comploter. Je dis à François:

— Il faut penser à un plan

pour retrouver Abdoul.

— En tout cas, on ne retourne pas dans mon quartier. C'est trop risqué. Puis on ne peut rien faire pour Abdoul.

J'ai l'impression que François vient de m'assommer. Tout s'embrouille dans ma tête. Je finis par m'endormir, découragée.

On doit réfléchir en dormant car, à mon réveil, j'ai un plan: pour retrouver Abdoul, il faut aller où il vend ses oiseaux. Ce n'est pas plus compliqué.

Je dis à Papi que je suis une touriste qui s'intéresse à la culture, que je veux visiter le musée du Louvre pour voir... euh...

— La *Joconde*! suggère François qui a compris mon plan, mais qui me chuchote à l'oreille:

«Je te préviens, le Louvre, c'est barbant.»

C'est vrai que c'est ennuyeux. Ça fait des heures qu'on marche et tout ce qu'on voit, ce sont de vieux tableaux tout craqués.

Enfin! Voilà la *Joconde*. Je lui trouve un petit sourire idiot.

C'est ce que je dis à Papi, qui pousse un grand soupir de découragement.

— Sais-tu, au moins, qu'elle a été peinte par Léonard de Vinci, le grand inventeur?

Là, c'est moi qui suis découragée. Papi croit vraiment que je suis une ignorante.

— C'est certain, Papi! Mais je pense qu'il aurait dû inventer plus de choses au lieu de perdre son temps à faire de la peinture.

— Elle a raison, Gaston! approuve Mamie.

Papi n'est pas d'accord du tout. Pendant qu'il discute avec Mamie, François et moi, on en profite pour courir vers la sortie.

Abdoul n'est pas sur la grande place. Pas plus que lorsqu'on est arrivés. On n'a vraiment pas de chance. En plus, je mets le pied sur une grosse crotte de chien. OUACHE!

Mamie, elle, prétend que c'est chanceux:

— Si tu fais un voeu, il sera exaucé.

— Comment peux-tu mettre de telles sornettes dans la tête de Sophie? proteste Papi.

— Je n'y crois pas, Papi. Si c'était vrai, tous les voeux des Parisiens seraient exaucés.

— Pourquoi? demande Papi, intrigué.

— Parce qu'à Paris, il y a beaucoup de crottes de chien.

— Tu entends ça, Juliette! rigole Papi.

Quand même, je fais le voeu de revoir Abdoul. On ne sait jamais...

4
Sophie oublie Abdoul

Les parents de François sont venus nous chercher. Je vais passer mes deux derniers jours de vacances chez eux.

— Nous t'amenons voir la tour Eiffel, m'annonce tante Aline.

La tour Eiffel! L'endroit exact où je voulais aller! Je ne dis rien, tellement je suis surprise.

— LA TOUR EIFFEL! insiste François, là où il y a BEAUCOUP de touristes. Et je te promets que ce n'est pas barbant.

Qu'est-ce que François s'imagine? Que je laisserais tomber

Abdoul pour ça? Ou que je l'ai oublié? Jamais je ne l'oublierai. Et puis François ne me connaît pas. Quand j'ai un plan dans la tête, personne ne peut m'empêcher de...

— Allez, on y va, décide oncle Philippe. Tu ne le regretteras pas, Sophie.

Je ne l'ai pas regretté! Ça a même été le coup de foudre! La tour Eiffel, c'est... encore mieux qu'un manège à la Ronde. En montant, on a l'impression d'être dans le vide. Fiou!

Et tout en haut, on voit Paris comme si on était un oiseau. UN OISEAU!

Tout à coup, je pense à Abdoul! Abdoul qui a peur! Qui se cache! Je m'amusais tellement que je l'avais oublié. J'ai honte.

En même temps, je me dis que François a raison. On ne peut rien pour Abdoul. Comment le retrouver dans ce grand casse-tête qui est en bas?

Je crois bien que je ne reverrai pas Abdoul. C'est dur à accepter. Mais je suis sûre que maintenant je ne l'oublierai plus. Parce que chaque fois que je verrai un oiseau, je vais penser à lui.

On a repris l'ascenseur. Il me semble que je trouve ça moins amusant.

Quand même, en souvenir, je m'achète une tour Eiffel miniature. Puis je me retourne pour regarder la vraie tour Eiffel une dernière fois.

Comme ça, plantée sur ses quatre pattes, avec son grand

cou et son vieux squelette de métal, elle me fait penser au dinosaure. Je serre la petite tour Eiffel dans ma main et je me sens toute bizarre, pleine de frissons.

Il faut dire qu'il fait un peu plus frais. Et il commence même à pleuvoir. Ce qui est terrible, c'est que je n'ai pas mon imperméable...

5
Sophie la libératrice

Aujourd'hui, tante Aline et oncle Philippe ont des choses «importantes à régler», nous disent-ils de façon mystérieuse. Ils suggèrent à François de me faire visiter le quartier.

Comme une idiote, je réponds:

— Je le connais, le quartier! L'autre jour...

François me coupe la parole en bafouillant:

— *Elelelelle*... veut dire *qqqque*... que je... lui en ai beaucoup parlé. Alors, tu viens, Sophie!?

Je suis François et je me sens un peu mal à l'aise:

— Tes parents avaient l'air bizarres, j'espère qu'ils n'ont rien deviné.

— Mais non! Tu as vu comment j'ai répondu? Sans hésiter! Avec les parents, il faut toujours être sur ses gardes.

— Surtout lorsqu'on conte des mensonges, fiou! Quand même, je les trouve super, tes parents.

— Ouais, pour des parents, ils sont assez chouettes. Et les tiens, comment ils sont?

— Euh... différents. Peut-être un peu plus... sévères. Le problème, c'est qu'ils sont chouettes aussi avec mes frères et ma soeur.

— Hé! dis donc, c'est à toi

qu'ils ont payé un voyage!

Je pense à Laurent qui trouvait injuste que je vienne à Paris. Et je pense que je suis chanceuse d'être ici. Il faut que j'en profite, car je repars demain. Mais c'est étrange, on dirait que je n'ai envie de rien.

François non plus n'a envie de rien; il ne me propose aucun plan. Alors, on marche dans le quartier. On va partout où on est allés l'autre jour.

La seule chose dont on a envie, c'est de retrouver Abdoul. Je dis à François:

— On devrait aller voir à la station de métro.

François me fait un grand sourire. Puis on se met à courir, pleins de confiance. On va s'asseoir sur le bord de la fontaine devant l'entrée du métro et on surveille.

C'est étourdissant. Il y a du monde! Et beaucoup d'étrangers. Mais pas d'Abdoul. Le temps passe. Il égratigne notre espoir de sa grande aiguille pointue.

— Il faut rentrer, dit François. Je promets de t'écrire ce qui est arrivé à Abdoul.

Selon moi, Abdoul a été arrêté. Quand même, sur le chemin du retour, je regarde partout et je marche exprès sur une crotte de chien... Mais je ne vois pas Abdoul. En arrivant chez François, je jure de ne plus croire à ces... sornettes de chance et...

— SURPRISE!

François et moi, on reçoit un choc... TERRIBLE. Vous savez qui nous a ouvert la porte? ABDOUL!

Abdoul et son père, sa mère et ses six frères et soeurs.

— Comme tu vois, François, on a chacun nos secrets, s'amuse oncle Philippe qui finit par nous expliquer: le gendarme a arrêté Abdoul et l'a amené au commissariat. En vérifiant son identité, il a découvert qu'un permis de séjour avait été émis au nom de sa famille.

— Tout ça, c'est grâce à toi, Sophie, me dit le père d'Abdoul. Si tu n'avais pas fait voler cet oiseau, nous n'aurions pas su que nous étions libres et nous serions encore obligés de nous cacher. Tu es notre libératrice, Sophie.

Moi, une... libératrice!? Vous vous rendez compte!

— Aussi en ton honneur,

nous avons organisé un banquet africain avec la complicité d'Aline et de Philippe.

Je suis incapable de parler parce que je me mets à pleurer. Tout le monde éclate de rire.

Pendant des heures, on s'amuse, on danse et on MANGE! Des galettes chaudes et croquantes. Miam! Des salades... exotiques. Des figues fraîches.

— Tu vas voir que c'est bon! La figue, c'est une goutte de soleil dans l'estomac, Sophie!

Abdoul est vraiment un grand poète.

— Mange aussi un petit pâté d'agneau, me dit la mère d'Abdoul. Tu vas voir que c'est...

— PIQUANT! FIOUHHHOUUU... que c'est piquant! Là, ce n'est pas une goutte de soleil que j'ai avalée, c'est le soleil au complet. Fiou!

On recommence à rire. Et à s'amuser jusque tard dans la soirée.

Quand on se quitte, j'invite François, oncle Philippe, tante Aline, Abdoul et toute sa famille à venir me visiter au Québec. Je suis sûre que mes parents seront d'accord. Enfin, presque sûre...

6
Les cadeaux de Sophie

Mamie est fâchée contre Papi. Et elle a l'air très inquiète:

— Il faut partir pour l'aéroport, Gaston!

— Je tiens à ce que Sophie aille à la Bastille! Et puis, tu t'énerves pour rien. On a amplement le temps. Viens, Sophie!

— C'est quoi, la Bastille, Papi?

— C'était une prison. Elle se trouvait là où est la grande colonne, tu vois?

Papi m'amène voir une prison qui n'existe plus. Il est vraiment étrange. Et très sérieux.

— À la Bastille, Sophie, il y avait des tas de gens injustement condamnés par le roi. Un jour, le peuple s'est révolté. Il a pris la Bastille et libéré les prisonniers. Ce jour-là, le 14 juillet 1789, ici même, Sophie, est née la liberté.

Fiou! je vous dis que je suis impressionnée.

— Hélas, il y a encore de l'injustice et des Bastilles partout dans le monde, ajoute Papi.

— Même ici, Papi, parce qu'à Paris il y a des émigrés clandestins qui vivent comme des prisonniers. Et je pense que c'est injuste, et que le peuple, il devrait se révolter contre ça.

Là, c'est Papi qui est impressionné:

— Tu es une vraie révolutionnaire, Sophie.

Puis il ne dit plus rien, mais c'est comme si on se parlait encore. Parce qu'on se tient la main très, très fort.

On découvre que Mamie nous attend à la porte avec ma valise. Elle ne dit rien, mais c'est comme si elle avait parlé très, très fort.

Ensuite, tout se passe très vite: Papi prend ma valise et nous dit de le suivre. Il faut trouver un taxi. Vite! Il y en a un au coin de la rue. Vite!

Mamie est essoufflée.

— Plus vite, Juliette!

OUF! Nous voilà assis dans le taxi qui démarre aussitôt. Il zigzague, s'arrête, repart, accélère. Fiou qu'il va vite! On se croirait dans une auto dans un jeu vidéo.

Mamie se tient le coeur. Papi tient son béret. Et moi, je tiens la poignée de la portière.

OUF! Voilà l'aéroport.

— Vite! L'avion part dans quinze minutes, dit l'hôtesse qui m'attendait. Vite!

Un petit bec à Papi et Mamie, et je m'en vais.

La dernière chose que je vois, c'est Juliette qui tombe dans les bras de Gaston...

***

Ça y est! Je suis dans l'avion et je m'éloigne de Paris. J'ai l'impression d'y avoir vécu un an, tellement j'y ai appris de choses.

Maintenant, je sais que la liberté, ce n'est pas de faire tout ce qu'on veut. C'est beaucoup plus important que ça, fiou! J'ai aussi appris que j'étais une... révolutionnaire.

Je me sens un peu triste que mon voyage soit fini. Mais peu à peu, c'est bizarre, on dirait que je suis contente de revenir chez moi. Et quand on atterrit, je suis SUPER excitée. J'ai hâte de revoir tout le monde.

Je vous dis que lorsqu'on se retrouve, on s'embrasse. Je n'ai jamais donné autant de becs de ma vie. Puis Laurent me donne un coup de coude:

— C'est quoi, le cadeau que tu m'as acheté?

LE CADEAU DE LAURENT! J'AI OUBLIÉ!

C'est terrible! Qu'est-ce que je...? Je sais! Je vais lui offrir ma

petite tour Eiffel. Fiou, c'est un
beau cadeau!

Et je vais révéler la formule
de la potion magique à Julien. Je

vais lui montrer comment faire un canari.

À Bébé-Ange, je vais raconter l'histoire d'un beau poète qui fait voler des oiseaux.

Puis je vais dire à mes parents qu'ils sont les plus chouettes parents du monde. Parce qu'ils ont rempli ma tête de souvenirs. Et que les souvenirs, ce sont des cadeaux qu'on peut ouvrir autant de fois qu'on le veut.

— Tu devrais mettre ton imperméable, me dit ma mère. Il pleut à verse, ici.

MON IMPERMÉABLE! JE L'AI OUBLIÉ!

Au fond, ce n'est pas si terrible. Je l'aurai quand je retournerai à Paris l'an prochain. C'est ce que je dis à ma mère.

— Ah non! C'est moi qui
vais à Paris l'an prochain, proteste Laurent.

Bébé-Ange n'est pas d'ac-
cord:

— ...I... A... I... EN... ION!

— SILENCE! PAR TOUTATIS!
hurle Julien.

Dans la voiture qui roule vers la maison, c'est une vraie tempête de nerfs. Fiou! je vous dis que ça réveille une voyageuse.

J'ai l'impression que je vais commencer à ouvrir mes cadeaux-souvenirs plus vite que je ne le pensais...

Table des matières

Chapitre 1
Sophie... a... i... en... ion 7

Chapitre 2
Sophie et le beau poète 21

Chapitre 3
Sophie et l'oiseau de malheur 31

Chapitre 4
Sophie oublie Abdoul 41

Chapitre 5
Sophie la libératrice 47

Chapitre 6
Les cadeaux de Sophie 55

Achevé d'imprimer
sur les presses de Litho Acme Inc.